KB178456

싸락눈

싸락눈

초판 1쇄 인쇄 · 2020년 8월 10일
초판 1쇄 발행 · 2020년 8월 15일

지은이 · 송하선
펴낸이 · 한봉숙
펴낸곳 · 푸른사상사

편집 · 지순이 | 교정 · 김수란
등록 · 1999년 7월 8일 제2-2876호
주소 · 경기도 파주시 회동길 337-16(서패동 470-6)
대표전화 · 031) 955-9111(2) | 팩시밀리 · 031) 955-9114
이메일 · prun21c@hanmail.net
홈페이지 · http://www.prun21c.com

ⓒ 송하선, 2020

ISBN 979-11-308-1697-5 03810
값 13,000원

이 도서의 국립중앙도서관 출판예정도서목록(CIP)은 서지정보유통지
원시스템 홈페이지(http://seoji.nl.go.kr)와 국가자료종합목록 구축시스템
(http://kolis-net.nl.go.kr)에서 이용하실 수 있습니다.
(CIP제어번호 : CIP2020032834)

싸락눈

송하선 제10시집

푸른사상
PRUNSASANG

　　제9시집 『몽유록』(2017) 이후, 몇몇 문예지에 드문드문 발표해온 것을 모아보았다. 원래 과작인 데다가 좀 느리게 사는 편이라, 50편 추리는 데도 버거운 일이었다. 그럼에도 불구하고 밥도 안 되는 일을 60년 가까이 해왔다는 것은, 참 희한한 일이라 아니 할 수 없다.

　　그러나 한 가지 다행인 것은, 여든세 살 나이에도 불구하고 아직 무병하다는 점이다. 비교적 머리를 맑게 하고 시를 쓰다 보니, 혹시 치유라도 된 것은 아닐런지, 모를 일이다.

　　아무튼 이 시집의 어느 한 구절이라도 독자들의 가슴속에 풍금 소리처럼 남아 있기를 기대할 뿐이다.

2020년 가을
송하선

제2부 비비정의 달

제3부 삶의 향기

제4부 난초와 함께

제1부

국화꽃을 보며

싸락눈

탄생과 사멸의 순간을 상징하듯
싸락눈이 유리창에 부딪히며
부딪히며 사라져버리는구나.

사랑과 이별의 순간을 상징하듯
싸락눈이 허공 속을 유랑하며
유랑하며 흩어져버리는구나.

아 아 사라지는 것은 사라지는 것
저렇게 유랑하며 이별하며
허공 속으로 흩어지는 것,
때로는 지나간 불꽃의 순간을
생각나게 하는 것,

오늘은 싸락눈 날리는 걸 보며
지나간 불꽃을 생각하는 시간
천둥과 먹구름을 넘어
그대와 내가 해탈해야 할 시간.

나의 시(詩)

나의 시는
종소리였으면 좋겠습니다.
그대 가슴속 깊이깊이 울려주는
종소리 같은 시였으면 합니다.

나의 시는
파도 소리였으면 좋겠습니다.
억만 개의 파도처럼 일제히 울음 우는
그런 시였으면 합니다.

그러나 나의 시는
피리 소리였으면 좋겠습니다.
그대 가슴속 애간장 녹여주는
피리 소리 같은 시였으면 합니다.

하지만 나의 시는
풍금 소리였으면 좋겠습니다.

그대 가슴에 풍금처럼 울릴 수 있는
그런 시였으면 합니다.

여든 살이 넘으면

여든 살이 넘으면
고향의 정자나무하고도
"그래 그래"
말을 트는 사이가 되고,

여든 살이 넘으면
낯모르는 늙은이하고도
"그래 그래"
방귀도 트는 사이가 되고,

여든 살이 넘으면
정처 없이 떠도는 구름하고도
"그래 그래"
말을 트는 사이가 되고,

여든 살이 넘으면

구만 리 떠도는 기러기하고도
"그래 그래"
안부를 묻는 사이가 되고,

죽지 부러진 새처럼 (1)

죽지 부러진 새처럼 쪼그려 앉아
시(詩)를 쓰고 또 써봐도
세상을 향해 시로써 말하고 또 말해봐도
메아리가 없네요.

저 하늘 별들의 억만 개의 고독
이 지상의 사람들의 억만 개의 고독,
그 억만 개의 고독 속에 쪼그려 앉아
벙어리처럼
시로써 절절하게 말해봐도
세상은 그냥 흘러갈 뿐이네요.

아 아 작고도 작은 홀씨처럼
나의 영혼 가물가물
허공 속을 날아갈 날 있겠지만,

죽지 부러진 새처럼 쪼그려 앉아

아직도 나를 옥죄며

이 자리에 머물러 있네요.

죽지 부러진 새처럼 (2)

죽지 부러진 새처럼
눈썹달 그대 하늘
아득히 바라보기만 하고,

죽지 부러진 새처럼
구만 리 그대 마을
아득히 바라보기만 하고,

눈 먼 거북이가 바다에서
나무토막 만나듯
아득한 우연이나 생각하고,

죽지 부러진 새처럼
보이지 않는 어둠 속
아득히 안개 속에 가는 길.

눈썹달

눈썹달 그대를 향해 날아가는 길은
어찌 이렇게 아득히 멀고도 머언가.
즈믄 밤 즈믄 날 날고 또 날지만
죽지 부러진 새의 날갯짓만 같아라.
아아, 그대 눈썹달에 이르는 길은
이승과 저승 사이의 날갯짓 같아라.

국화꽃을 보며

내가 국화꽃을 좋아하는 것은
서리를 이겨내는 고결한 그 기품,
맑고도 깨끗한 그 품격 때문이다.

천둥과 벼락, 무서리와 비바람
그 많은 계절의 순환 속에서도
유독 가을날의 국화를 좋아하는 것은
어머님의 그 기품과 닮았기 때문이다.

아아, 나의 어머님, 우리들의 어머님,
단군할아버지 적부터 내려온 흰 옷
낭자를 올리셨던 우리들의 어머님.

내가 국화꽃을 좋아하는 것은
한평생 인고의 세월을 살으신
어머님이 국화를 닮았기 때문이다.

봄날과 여름날, 가을날과 겨울날
그 많은 꽃들이 피고 지고 하지만
유독 가을날의 국화를 좋아하는 것은
국화꽃이 어머님을 닮았기 때문이다.

모닥불

모닥불이 활활 타오르고 있습니다.
허공으로 허공으로 불길이 솟아오르고 있습니다.
솟아오르는 불길 속에 문득
월남의 선승(禪僧) 한 사람이 보입니다.

당시 티우 정권에 저항하는 뜻으로
사이공 광장에서 분신하던 티치 쾅 툭
군중 속의 가부좌 순간이
불길 속에 환각처럼 아른아른 보입니다.

그가 시커멓게 숯이 될 때까지
꼿꼿이 앉아 가부좌하던 모습,
한 줌의 재가 되어갈 때까지
분신하던 모습이 아른아른 보입니다.

그러나 지금 월남 사람들의 가슴속에
티치 쾅 툭의 그 순간이 스며들어 있을까요?

그들의 가슴속에 핏대 속에
티치 쾅 툭의 영혼이 부활하고 있을까요?

모닥불이 활활 타오르고 있습니다.
허공으로 허공으로 불길이 솟아오르고 있습니다.

동백꽃을 보며

동백꽃 피고 지는 걸
아름답다고 부추기지 말라.
피를 흘리듯 뚝 뚝 떨어지는 꽃을
아름답다고 표현하는 건
역린을 건드리는 일이다.

동백꽃이 스스로를 참수하는 것처럼
표현하는 것은
아침을 몰고 오는 세대들에게
결코 아름다운 시그널이 아니다.

철철철 피를 흘리는 풍경은
또 다른 피를 부르게 한다.
지난날 얼마나 많은 청춘들이
피를 흘리며 낙화해 갔던가.

부추기지 말라. 부추기지 말라.

아름답다고 표현하지 말라.
피를 흘리듯 어른거리는 풍경은
역린을 건드리는 일이다.
또 다른 피를 부를 수 있는 일이다.

푸나무들과 노인

푸나무들이 일제히 웃는다.
내가 푸나무들을 보며 웃으니
푸나무들도 부스스 부스스
기지개를 켜며 일제히 웃는다.

푸나무들이 일제히 우울해한다.
내가 푸나무들을 보며 우울해하니
푸나무들도 푸스스 푸스스
고개를 숙이고 일제히 우울해한다.

푸나무들에게도
영혼이 있는 걸까?

아니다 아니다.
내가 자연인처럼 살며
푸나무들과 함께 교감하고 있으니

그들도 나와 함께
부스스 푸스스 울고 웃는 듯할 게다.

몽유록 (7)

그대 작고도 작은 홀씨가 되어
마음속으로 우주 공간을 날아봐요.
몇억만 개의 별들 속에
그대가 얼마나
먼지처럼 작고도 작은 존재인지를.

몇억만 년 동안
몇억만 개의 별들의 고독,
그 고독한 우주 공간 속을
마음속으로 마음속으로
외로운 홀씨처럼 유영하다 보면,

그대가 누구인지 비로소 알게 돼요.
그대가 얼마나
먼지처럼 작고도 작은 존재인지를
그대가 얼마나
이 우주의 작고도 작은 홀씨인지를.

쑥꾹새 울음

너는, 무슨 설움 그렇게 많아
외딴집 뒷산까지 와서
저승 소리처럼 상여 소리처럼 울고 있나.

목울대를 아예 꺾는 것처럼
허공에 대고 숲에 대고
피를 토하는 소리로 그렇게 울고 있나.

마치 임방울이 머리를 풀고
쑥대머리 한자락 부르는 소리처럼,
아예 목이 쉬어버린 판소리꾼
폭포수 아래서 지르는 소리처럼,

너는 무슨 설움 그렇게 많아
외딴집 뒷산까지 와서
저승 소리처럼 상여 소리처럼 울고 있나.

장미의 순간

저 아름다운 장미의 순간을 보아라.
선홍빛으로 물들었다가 지는
저 아름다운 장미의 순간을 보아라.

저 선홍빛은
누님의 손길, 바람의 손길,
햇볕의 손길, 이슬의 손길이 모이어,
천둥과 벼락의 손길이 모이어
저렇게 예쁜 선홍빛을 만들어냈느니.

가을날의 어느 날
그대의 집 담장 위에 눈부시게 피었더니
선홍빛으로 눈부시게 피었더니,

잠깐만이다. 잠깐만이다.
저 아름다운 장미의 순간을 보아라.
저 짧고도 눈부신 순간을 보아라.

이 지상의 무대에서 깨끗하게 물러나는
저 아름다운 결별의 순간을 보아라.

자리에 연연하며 물러날 줄 모르는
그대 씁쓸한 것들아.

후쿠시마 평원의 소나무 한 그루

그날의 지진이 해일처럼 울부짖던 날
후쿠시마 평원의 소나무 한 그루,
삭막한 풍경 속에
검은 바다 쓰나미를 지켜보고 있었네.

바닷물이 검은 물로 해일 되어
사람이며 집이며
한 지역의 원전까지 덮치고 갔을 때
살아남은 소나무 한 그루,

그 소나무는 방사능에 오염되지 않았을까?
뿌리에서 가지 끝까지
우라늄에 오염되지 않았을까?
아직도 견디며 살아 있을까?

마치 전쟁의 상흔처럼 폭탄 맞은 넋처럼
남아 있는 소나무 한 그루

아무 일도 없었던 것처럼
먼 하늘의 번개 소리 듣고 있었네.

불운한 시대의 풍경 속에

불운한 시대의 풍경 속에
시인 이상(李箱)도 지나가고
이상이 쓴 '13인의 아해'도
'막다른 골목'을 지나가고,

소(牛)처럼 미련한 늙은 소년
늙은 소년의 '몽유록'이라는 시도
어떤 이의 가슴에 운석처럼
스쳐서 스쳐서 지나가고,

지나가는 것은 지나가는 것일 뿐
영원한 시간의 흐름 속에
순간의 운석(隕石)처럼
지나가는 것은 지나가는 것일 뿐.

세월호에서의 편지

놓아주세요, 그냥 놓아주세요.
제발 이제 그만 놓아줘요.
팽목항에서 그렇게 울고 있으면
저희들이 발길 돌릴 수 없어요.

이제 우리 어찌하겠어요.
자유로운 영혼으로
하늘나라 날갯짓할 수 있도록
그냥 놓아주세요.

사랑하는 사람이 아직도
그렇게 울고 있으면
저희들이 발길 돌릴 수 없어요.

제발 저희들을 자유로운 영혼으로
날게 해주세요.

제 2 부

비비정의 달

꽃아 (1)

꽃아
가장 아름다울 때
이 세상 하직(下直)하는 것아,
아릿다운 그 기품 어찌하려고
그리 빨리 사라져가느냐.

너는, 물러날 때가 되었음을
문득 깨닫고 가는 것처럼,
이것은 끝이 아니라 또 다른 시작임을
알고 가는 것처럼,

꽃아, 가장 아름다울 때
이 세상 하직하는 것아,
짧았지만 아릿다운 그 기품
그 눈부신 순간을 우리는 안다.
꽃아.

풍경

세상에서 가장 아름다운 풍경은
90세쯤으로 보이는 노부부가
갈대처럼 희끗희끗 머리칼 흩날리며
공원의 벤치에 오래오래
손을 잡고 앉아 있는 풍경입니다.

무엇인가 할 이야기가
지나온 시간처럼
머나먼 강물처럼 많은 듯,

끊임없이 조용조용 이야기를 나누며
학처럼 흰 옷을 입고
갈대처럼 희끗희끗
거울같이 비치는 호숫길을
손을 잡고 돌아갈 때의 풍경입니다.

나비

절대고독이 무엇인지
그 쓰라린 황야를 날아본 사람은 안다.
채워도 채워도 채울 길 없는
날아도 날아도 안식의 나래 접을 곳 없는
그 바람 부는 허기 속을
날아본 사람은 안다.

꽃밭을 찾아 나비가 날듯
영원 허공을 떠도는
이 지상의 허기진 존재들은 안다.
그 스스로도
꽃비 내리는 마을을 찾아가는
한 마리의 쓰라린 나비라는 것을.

과수원에서의 환상

복사꽃들의 웃음 속에는
'평화' 인자(因子)들이 섞여 있나 봐요.
이른 봄날 과수원에 가서
복사꽃 웃음판 속에 묻혀 있으면
그 평화로운 웃음들이
우리들 영혼에도 스며들어
더없이 평화로워지거든요.

복사꽃 웃음판의 과수원에는
늙은 소년들의 웃음 인자도
섞여 있나 봐요.
어쩌면 무릉도원에나 살고 있을
늙은 소년들의 바알간 웃음
그 웃음들이 이 과수원에서는
자꾸만 보이거든요.

그리고 그 웃음판 속에 묻혀 있으면

우리들도 마침내

무릉도원에 와 있는 것 같거든요.

달이 흐르는 강물처럼

달이 은은하게 흐르는 강물처럼
그대와 함께 흐를 수 있다면
어디 내생에서라도 다시 만나
그대가 달이 되어 흐를 수 있다면,

은빛으로 그윽히 반짝이는 강물
산기슭을 휘돌아 흐르는 것처럼
달을 안고 은빛 물살 이루며
굽이굽이 휘돌아 흐를 수 있다면,

드디어 은빛 드넓은 바다에 닿아
눈먼 거북이가 나무토막 만나듯
바다에서 그대와 다시 만나
은빛 물살 이루며 함께 갈 수 있다면,

안개꽃처럼 은빛 물살 이루며
영원의 바다에 닿을 수 있다면

그대와 내가 안개꽃처럼
영원의 섬나라에 닿을 수 있다면,

노인 예찬

늙어감은 멋이어라.
멋있게 늙어감, 그것은 모든 이의 꿈이어라.

90세쯤의 노부부가
거울 같은 호숫길을
손을 잡고 산책하는 그림을 상상해보라.

이 노부부는 인생살이의
거친 황야를 건너온 노인이다.
세상의 파도를 깊게깊게 건너온 노인이다.

이 풍진세상을 건너서
불운한 시대의 풍경을 건너서
피눈물 나는 노동을 건너서,

절대고독과 삶의 허기를 건너서
비바람과 눈보라를 건너서

이 세상을 응시하며 여기까지 온 노인이다.

자아의 완성을 위해
꼿꼿함을 잃지 않고
자신의 길을 걸어온 노인이다.

늙어감은
지혜가 깊어지고 성숙해지는 거다.
심신이 쇠잔해지고
쓸모 없어지는 존재가 아니다.

늙어감은 이 세상의 훌륭한 자산이요
지혜의 보고이다.

몽유록 (8)

그대, 사랑을 할 때
'영원'이라는 말을 하지 말아요.
'순간'이라는 말도 하지 말아요.

그대 그리움
어느만큼인지 모르기 때문에,
그대 가는 길
어디만큼인지 모르기 때문에,
그대 가는 곳
어느 곳인지 모르기 때문에,

'영원'이라는 말로
그대 손을 잡으면
'순간'이 될런지 모르기 때문에,

어디쯤 갈런지 모르는 길

'순간'을 '영원' 처럼
영원처럼 살아야 하기 때문에,

몽유록 (9)

자연스럽게
그러나 느리게
마지 마을의 둘레길을 걷는 것처럼,

그러나 맑게
머리를 더욱 서늘하게
마치 편백나무 숲을 걷는 것처럼,

그러나 현자(賢者)처럼
더욱 밝게
마치 자작나무 숲을 걷는 것처럼,

그러나 더욱 겸손하게
조금은 더 우직하게
마치 소나무 숲을 걷는 것처럼,

가시나무새

가시나무새가 가시에 걸렸네.
직선으로 날다가 가시에 찔려서
파닥거리고 파닥거려도 소용이 없네.
영영 되돌릴 길 없네.

아아 그리 될 줄 알았더라면
돌아서 날아가야 할 것을
돌아서 날아가는 것이
가장 밝은 길인 줄을 그는 몰랐네.
가시나무새는 그걸 몰랐네.

내 죽으면

내 죽으면
소풍을 하듯이
달 구경 별 구경 실컷 하겠네.

파도가 남실남실
춤을 추듯이
달나라 별나라 소풍하겠네.

내 영혼이
날개를 달면
별나라 이웃들 실컷 만나보겠네.

아무 일도 없었던 것처럼

천둥과 먹구름이 지나고
바닷물이 해일 되어
백사장을 덮치고 지나갔을 때,

억만 개의 파도는
모래와 조개껍질들을 어루만지며
어루만지며
다시 왔다가 다시 가고,

아무 일도 없었던 것처럼
소나무 한 그루,
조선 소나무 한 그루
먼 하늘의 우레 소리 듣고 있었네.

미인

내 한평생을 지배하고 있는
미망의 그 얼굴,

단 한 번 본 적도 없고
옷깃 한 번 스친 적도 없는,

그러나 어디엔가 있을 것 같은
내 가슴속 잠들지 않는
그 보살.

섬

섬에는 가서 무엇 하리,

그대 앉아 있는 곳
고요로이 명상하는 곳

그곳이 바로 섬인 것을.

비비정의 달

달아
비비정 그늘 아래 흐르던 달아.
춘향전의 이 도령이
한내다리 건널 때
도포 자락 밑에 흐르던 달아.

오늘도 그대 얼굴
거울 같은 강물 위에
흐르고 있나니,

즈믄 밤 즈믄 날의 그리움으로
영영 잊히지 않는 얼굴로,
비비정 그늘 아래 흐르고 있거라,
달아.

내 생애 단 한 번

내 생애 단 한 번
무아의 경지에 도달하는 일,
그런 경지에서 드디어 터지는
시 한 편을 만드는 일,

내게서 너에게로
너와 내가
동시에 전율을 일으킬 수 있는
시가 폭발하는 일,

그리하여 보이지 않는 너에게
이것이
"나의 전부요, 나의 심장이다"
자신 있게 말할 수 있는
그런 시를 만드는 일,

내 생애 단 한 번 만드는 일.

제 3 부

삶의 향기

수도승처럼

거리에서 생 · 각 · 한 · 다
골목에서 생 · 각 · 한 · 다
시장에서 생 · 각 · 한 · 다
도시에서 생 · 각 · 한 · 다
농촌에서 생 · 각 · 한 · 다
종로에서 생 · 각 · 한 · 다
자연에서 생 · 각 · 한 · 다
모임에서 생 · 각 · 한 · 다
집안에서 생 · 각 · 한 · 다

명상하며 명 · 상 · 하 · 며
이 나라가 어 · 찌 · 되 · 나
어찌 되나 생 · 각 · 한 · 다

여든 무렵 수도승처럼.

흔들리는 꽃 (4)

가장 황홀한 순간에
무대 위에서 뚝 떨어지는
저 영산홍을 보아요.

가장 황홀하게 빛나는 순간에
꽃심을 버리고 뚝 떨어져 사라진다는 것,
무대에서 사라질 때가
언제인지를 안다는 것,

가장 허전한 순간에
허공 속으로 뚝 떨어지는
저 오동잎을 보아요.

지난여름 태풍도 견디었는데
이제는 기력이 쇠잔해졌는지
줄기를 버리고 뚝 떨어져 결별한다는 것,
무대에서 사라질 때가

언제인지를 안다는 것,

그것을 바라보며
흔들리는 꽃.

흔들리는 꽃 (5)

허공에 대고 물어보네요
너는 지금 흔들리냐고
흔들리지 않는 심지로
학처럼 유유히 날고 있느냐고

인생의 봄 여름 가을이 지나고
겨울의 그림자 어둠의 그림자
드디어 해일처럼 밀려오니
뼈 끝으로부터 뿌리 끝으로부터
흔들리는 심지여.

엄혹한 계절에 밀려드는 어둠
밀려드는 어둠을 어찌해야
어찌해야 되는지
흔들리는 꽃.

흔들리는 꽃 (6)

꽃들은 그냥 모두 다 흔들리네

가을 햇볕 아래
그냥 피어 있기는 심심해,

꽃들은 그냥 스스스 흔들리네.

간이역

내가 기차 통학을 하던 호남선 와룡역은
신호등도 없는 간이역이었지,
역무원이 나와서 흰 깃발을 흔들면
기차는 통학생들을 쏟아놓고 갔었지,

흰 칼라를 한 여학생들과
검정 옷에 모자를 쓴 남학생들을
무더기로 쏟아놓고 떠나곤 했었지.

60년 만에 아무 일도 없이
아내와 함께 찾은 간이역은
흰 깃발을 흔들던 역무원은 없었네.

역사는 황폐화되었고
만경벌에서 몰아오는 눈보라가
매몰차게 귓불을 때리고 있었네.

저녁 어스름께에야
차창에 불을 밝히고 달리는 기차를
멍멍히 서서 바라보고 있었네.

흰 칼라를 한 여학생들과
그 옛날의 남학생들이
저녁 어스름 속에서
무더기로 가물가물 손을 흔들고 있었네.

삶의 향기

하늘은 그 품안에
별을 거느리고 있어 더욱 아름답고
땅은 그 품안에
사람을 거느리고 있어 더욱 아름답다.

바다는 그 품안에
진주를 거느리고 있어 더욱 아름답고
꽃은 그 품안에
향기를 거느리고 있어 더욱 아름답다.

아, 아름다운 지상의 시간이여
자칫 이 지상의 시간을
떠나갈지 모르는 허허로움의 시간이여.

아아 그 허허로움도 즐기는 시간,
고독함도 즐기는 시간,
이렇게 늙어가는 것도 즐기는 시간,

고독한 발견의 눈을 거느리고
삶의 향기를 느끼는 시간이여.

첫눈

소학교 때 내가 그리워한 분은
예쁜 여선생님이었어요.
흰 드레스를 입고 풍금을 치고
율동을 가르치시던 모습은
그때의 내게는 천사 같았어요.

내가 3학년 때 그 여선생님은
'기러기'라는 노래를 가르쳐주셨고
학예회 때 독창을 하게 해주셨어요.

내가 성장하여 첫 시집을 냈을 때는
'기러기' 노래 회상과 함께 긴 글로
시인이나 음악가가 될 거라 생각했었다며
편지를 주셨지요.

그런데 이상한 일은
내가 70이 넘었을 때인데요,

그 여선생님은 내게 전화를 자주 하셨고
더욱 이상한 일은
전화하실 때 자주 필름이 끊기고 하더니만,

어느 날엔 치매에 드셨는지
"한번 만나고 죽어야 할 텐데……"를
연발하시며 전화 목소리로
'돌아오라 소렌토로'를
원어로 열창하시는 거였어요.

80이 넘은 오늘 첫눈이 내리고
그날의 풍금 소리가 자꾸만 들립니다.
길 잃은 '기러기' 눈발 속에 있는데
천사 같았던 여선생님 눈발 속에 보입니다.

소풍

내가 소풍을 즐기는 것은
구름 위를 유영하던 이태백이처럼
생각을 넘어 생각 속에 들기 위해서다.
산을 넘으면 또 다른 산이 있고
구름을 넘으면 또 다른 구름이 있듯이,
생각을 넘어 또 다른 생각을 얻고
명상을 넘어 또 다른 명상에 들기 위해서다.

내가 소풍을 떠나는 것은
'소요유'를 즐기던 도연명이처럼
한 세계를 건너 또 다른 세계 속에 들기 위해서다.
강을 건너면 또 다른 강이 있고
바다를 건너면 또 다른 바다가 있듯이,
세계를 건너 또 다른 세계을 얻고
우주를 건너 또 다른 우주에 들기 위해서다.

아, 내가 소풍을 즐기는 것은

또 다른 명상 속에 들기 위해서다.
아니다 아니다, 내가 저승에 갈 때
가슴속에 우주를 담아 가기 위해서다.
그리하여 아름다운 노래, 못다 한 노래를
두고두고 노래하기 위해서다.

마이산의 안개

알몸을 모두 다 드러내고 서 있는
마이산의 풍광보다는
그 산의 허리께에
아른아른한 안개를 드리우고 서 있을 때
마이산은 가장 아름다운 풍광을 이룬다.

알몸을 지나치게 드러내고 서 있는
아슬아슬한 여인의 모습을 보면
그 여인의 드러난 허리께를
마이산의 풍광처럼
산안개 같은 드레스로 감싸주고 싶다.

가여운 꽃

미세 먼지 속에서 보았네.
향기도 없고 가슴 부풀지도 않은
가여운 꽃,

꽃은 그 나름으로 가지런히
피어 있지만,
결코 신선하고 아름답지만은 않은,

나비도 벌도 찾지 않는 꽃이
도시 거리의 화분에
헉헉거리며 헉헉거리며 피어 있네.

속세에서의 편지

마지막 남은 잎새 하나가
겨울 모진 바람에 떨어질 때
마지막 남은 친구 하나가
겨울 모진 바람에 세상을 뜰 때,

그걸 바라보고 있는 하루는
너무나 길었네.
그 적막한 순간은 너무 길었네.

성철스님은 적멸의 세계에 들기 전에
"산은 산이요 물은 물이로다"
화두를 남기셨는데,

겨울 그 저문 강에 일몰이 올 때
아아 일생의 마지막이 올 때
무슨 화두로
무슨 시(詩)를 남겨야 할까요?

가시 돋친 꽃

예쁜 꽃은 가시가 돋쳐 있구나.
장미도 그렇고 선인장도 그렇다.

아직 예쁜 늙은 아내도
이제는
가시 돋친 말을 많이 하는구나.

고요함에 대하여

송광사에서의 밤 목탁 소리,
그날 밤 보름달이 구름 속을 지날 때
고요함에 대하여 생각한다.

아아 고요함은 황홀이구나.

500년쯤 된 고목나무에서
푸릇푸릇 여린 잎이 돋아나올 때
고요함에 대하여 생각한다.

아아 고요함은 희열이구나.

바로 그 500년쯤 된 고목나무에서
하나씩 낙엽이 떨어질 때
고요함에 대하여 생각한다.

아아 고요함은 허허로움이구나.

고요함은

밤과 봄과 가을을

그 변곡점을 넘나들게 하는구나.

"괜찮다"라는 말

"괜찮다" "괜찮다" "괜찮다"
내 할아버님께서는 늘 그렇게
"괜찮다"고 말씀하셨습니다.
마지막 자리에 누우실 때까지도
그렇게 말씀하셨습니다.

"괜찮다" "괜찮다" "괜찮다"
나는 오늘도 늘 그렇게 손자에게
"괜찮다"고 말하고 있습니다.
일상에서도 마지막 순간까지도
그렇게 말하려고 합니다.

늦게 피는 꽃

늦게 피는 꽃을 눈여겨 보았네.
다른 모든 꽃들이 지고 난 뒤에
서리 내리고 눈이 내린 뒤에,

눈(雪)을 밀치고 호젓이 솟아나와
겨울 추위 속에 늦게 피는 꽃,
유독 엄동(嚴冬)의 계절에 홀로
피는 꽃.

그러나 그는
오히려 해맑게 웃고 있었네.
겨울 추위 속에서도
오히려 그는 해맑게 웃고 있었네.

제4부

난초와 함께

난초와 함께

난초(蘭草)와 함께 가족처럼 삽니다.
적당히 물을 주며 창가에 옮겨주며,
바람이 살랑살랑 불면
휘어질 듯 휘어질 듯 하다가도
꼿꼿이 일어서는 난초를 보며
'곡즉전(曲卽全)'이라는 말을 생각합니다.

옛날의 선비들이 난초를 가까이한 것은
'곡즉전(曲卽全)'이라는 말,
이걸 배우며 사는 마음 아니었을까요?

난초가 항상 건강하게 자라는 것은
그만큼 그 가족이 건강하게 산다는 것
아닐까요?
휘어질 듯 휘어질 듯하다가도
꼿꼿이 일어서는
난초와 함께 가족처럼 삽니다.

하산(下山)길

그대 산의 정상에 서 있을 때
고개를 들어 저 하늘의 별들을 보라.
저 하늘의 별들을 보며
그대가 얼마나 먼지와 같은 작은 존재인지를
이 우주 공간에 그대가 얼마나 작은 홀씨인지를.

그대 산의 정상에 서 있을 때
고개를 숙여 들판에 엎디어 있는 마을을 보라.
저 마을의 사람들 위에
그대가 얼마나 돌올(突兀)한 기상으로 서 있는가를,
얼마나 오만한 기상을 배울 수 있는 장소인가를.

그대 오만한 기상을 배우지 말고
마을로 내려오라, 수구초심(首舊初心) 내려오라.
저 하늘의 별들만 쳐다보지 말고,
따스한 저 들판의 마을로 하산(下山)하라.
무등(無等)의 마을로 하산(下山)하라.

겨울이 온다. 쌩쌩 바람 부는 겨울이 온다.
무등의 마을로 돌아와서
아프게 아프게 뒤돌아보라.
그대 산의 정상으로 오르던 길
아프게 아프게 뒤돌아보라.

여유

'여유' 라는 이름의 카페에 갔었네.
창 밖에는 가을이 물드는 공원이 있고
사람들이 그 공원을 여유 있게 지나가고
'여유' 있는 시간을 갖고 싶었지만,

TV에서 흘러나오는 이 나라의 소리는
결코 여유롭지 않았네.
괴성을 지르고 쌈박질을 하고
상대를 경멸하고 그리고 멱살을 잡고,

왜 이 나라는 불이 그렇게
많이 나는지?
왜 이 세계는 지진이 그렇게
많이 나는지?

'여유' 있는 시간을 갖고 싶었지만
그 여유를 즐길 수는 없었네.

아내와 함께
집으로 그냥 돌아오고 말았네.

마지막 고해성사

이승에서의 마지막 고해성사입니다.
저는 천주교 신자가 아닙니다.

그러나 '사랑한 죄'를 고해합니다.
'미워한 죄'를 고해합니다.

이승에서의 마지막 고해성사입니다.
저는 천주교 신자가 아닙니다.

여든 무렵의 시편

꽃이 피는 건 정말 잠깐이어라.
꽃이 지는 것도 정말 잠깐이어라.

봄 여름 가을, 그리고 겨울,
아아 엄혹한 겨울을 어떻게 견딜까요.

꽃이 피는 건 정말 잠깐이어라.
꽃이 지는 것도 정말 잠깐이어라.

무제

부글부글　부글부글
부글부글　부글부글
부글부글　부글부글
부글부글　부글부글
부글부글　부글부글
부글부글　부글부글
부글부글　부글부글
부글부글　부글부글
부글부글　부글부글
부글부글　부글부글
부글부글　부글부글
부글부글　부글부글
부글부글　부글부글
민심천심　민심천심

노을빛 시인의 풍금 소리

— 미산 송하선의 근작시

전 정 구

노을빛 시인의 풍금 소리
― 미산 송하선의 근작시

1.

미산 송하선은 미사여구(美辭麗句)를 동원하여 화려하게 꾸미는 것을 즐겨하지 않는다. 간절하고 진실된 것만을 추구하는 그의 시작 활동에는 '한퇴지와 구양수의 문장, 종예와 왕희지의 필법'[1]을 스승으로 삼은 조부의 가르침이 자리 잡고 있다.

그를 각별히 사랑했던 유재(裕齋) 송기면(宋基冕) 선생은 "어린 시절 망국(亡國)의 통한(痛恨)"을 겪으면서 "오직 의(義)만 지

---

[1] 권용현, 「유재집 중인 서(裕齋集 重印 序)」, 송기면 · 박완식 역, 『裕齋集―유재 송기면의 학문과 사상』, 이회, 2000.

켜 후생(後生) 교육에 전념"했던[2] 서예가이자 대한제국 말기의 뛰어난 한학자였다. 석정(石亭) 이정직(李定稷) 선생으로부터 "유교 경전과 제자백가, 시문과 서화(書畵) 등을 익혀 안목과 식견"을 넓혔던 유재는 "간재(艮齋) 전우(田愚) 선생으로부터 유학의 오묘한 뜻"을 터득한 대학자였다.[3]

바늘 끝의 틈도 허용하지 않을 만큼 꼿꼿했던 조부의 정신적 결기를 미산은 어린 시절부터 몸으로 익혔다. "의관을 정제하고 책상을 마주해 정좌"하며[4] "하루 종일 깊은 생각에 잠겨 자주 윤문하였고 쓸데없는 부분을 삭제하여 반드시 문맥에 순조롭고 문장이 통한 후에야 그만"두었던[5] 조부 송기면의 그 정신이 시작 활동의 버팀목이 되었다.

2.

바른 자세와 맑은 정신으로 과장된 슬픔이나 "필요 이상

---

2   최근덕, 「刊行辭」, 위의 책. 이하에서 이 책의 글을 인용할 경우 의미 전달에 장애가 되지 않는 범위에서 한자는 한글로 바꾼다.

3   최근덕, 위의 글.

4   금장태, 「유재 송기면의 사상과 행적」, 앞의 책, 674쪽.

5   위의 책, 645쪽.

의 기쁜 표정"도 짓지 않으며[6] 유재 선생은 원고지를 마주했
다. 송하선 또한 조부의 그 정신을 본받아 '세상을 향해 시(詩)'
를 쓴다. "메아리가 없이 그냥 흘러가는 그 세상"을 향해 그는
"죽지 부러진 새처럼 쪼그려 앉아" 절절하게 쓴다. 「죽지 부러
진 새처럼 (1)」에 그러한 모습이 형상화되어 있다.

> 죽지 부러진 새처럼 쪼그려 앉아
> 시(詩)를 쓰고 또 써봐도
> 세상을 향해 시로써 말하고 또 말해봐도
> 메아리가 없네요.
>
> ― 「죽지 부러진 새처럼 (1)」 1연

　　새는 날개가 생명이다. 생명과도 같은 날개가 부러졌다는
것은 새로서의 역할이나 기능이 상실되었다는 것을 뜻한다.
부러진 죽지로 버둥거리는 새의 형상에 비유된 시인의 모습
에서 우리는 '불가능한데도 무언가를 끊임없이 시도하는' 어
떤 정신적 결기나 투지의 절절함을 떠올리게 된다. 세상과의
소통을 위한 시인 자신의 시쓰기 작업이 그렇다는 것이다. 그
럼에도 불구하고 그 작업에 대한 반응, 즉 메아리가 없다는
점이 1연에 표현되어 있다.

6　위의 책, 351~353쪽.

저 하늘 별들의 억만 개의 고독
이 지상의 사람들의 억만 개의 고독,
그 억만 개의 고독 속에 쪼그려 앉아
벙어리처럼
시로써 절절하게 말해봐도
세상은 그냥 흘러갈 뿐이네요.

— 「죽지 부러진 새처럼 (1)」 2연

　고독이라는 단어를 수식하는 것은 '억만 개'이다. 이 수치(數值)가 상기시키는 것은 고독이 무한정할 정도로 깊고도 크다는 뜻이다. 그러나 하늘의 별들과 지상의 사람들의 고독이라고 진술되어 있는 그것은, 시인의 외로움이 '극한적임'을 표현하기 위해 끌어들인 과장법이다. 왜냐하면 지상의 모든 사람들이 고독을 지니고 살아간다고 볼 수 없고, 무정물인 하늘의 별들이 그 많은 고독감에 젖어들 일이 없기 때문이다.

　달리 말하면 시인이 하늘과 지상의 모든 고독을 떠안은 것처럼 외로움을 느끼면서 시작(詩作)에 임하고 있다는 의미이다. "벙어리처럼"이라는 어구가 암시하듯이, 세상을 향한 소통이 불가능할 것이라고 판단하면서도 그는 쓴다. 절망감 비슷한 이러한 심정이 끝부분의 "절절하게 말해봐도"와 "세상은 그냥 흘러갈 뿐이네요"에 반영되어 있다. 시인의 말에 귀 기울이지 않고 무심히 흘러가는 세상을 향해 송하선은 무엇 때문에 절박한 마음으로 쓰는가.

　　아 아 작고도 작은 홀씨처럼
　　나의 영혼 가물가물
　　허공 속을 날아갈 날 있겠지만,

　　죽지 부러진 새처럼 쪼그려 앉아
　　아직도 나를 옥죄며
　　이 자리에 머물러 있네요.
　　　　　　　　　―「죽지 부러진 새처럼 (1)」 3~4연

　우주의 허공 속으로 "나의 영혼"이 사라져버릴 때가 있을 것을 시인은 안다. 그러나 식물이 무성생식하기 위해 형성하는 생식세포인 홀씨처럼 지상을 떠날지라도 우주의 어딘가에 그 영혼은 생명의 작은 씨앗이 될 수 있다는 믿음이 3연에 나타나 있다. 4연에서 "나를 옥죄며" 오늘도 죽지 부러진 새처럼 시작 활동에 매진하는 이유가 여기에 있다.

　작고도 작은 홀씨처럼 시인의 영혼이 언젠가는 가물가물 허공 속으로 날아갈 것이다. 그렇지만 영혼의 기록인 그의 시편들은 '다시 생명을 얻어' 존재의 의미를 확인해줄 것이라는 기대와 희망이 후반부에 암시되어 있다. 미산이 그 자신을 옥죄며 이 자리에 머물러 있는 이유, 즉 죽지 부러진 새처럼 쪼그려 앉아 시를 쓰는 까닭이 바로 이것 때문이다.

홀씨, 영혼, 새, 별, 고독, 벙어리 등의 시어들은 시인의 정신적 삶의 자세를 표현하기 위한 키워드이다. 이러한 키워드를 통해 '노년의 삶이 어떠해야 하는가'를 함축해냈다는 점에서 이 작품은 우리에게 시사하는 바가 크다. 「싸락눈」도 이 범주에서 벗어나지 않는 수작(秀作)에 속한다.

> 탄생과 사멸의 순간을 상징하듯
> 싸락눈이 유리창에 부딪히며
> 부딪히며 사라져버리는구나.
>
> —「싸락눈」 1연

유리창에 부딪히며 사라지기를 반복하는 싸락눈은 불교에서 말하는 윤회처럼, 소멸과 환생(還生), 즉 생(生)과 사(死)를 반복하는 인간사와 닮아 있다. 부딪히자마자 사라져버리는 그 모습을, 시인이 '탄생과 사멸의 순간'을 상징하는 것으로 생각한 이유가 여기에 있다.

> 아 아 사라지는 것은 사라지는 것
> 저렇게 유랑하며 이별하며
> 허공 속으로 흩어지는 것,
> 때로는 지나간 불꽃의 순간을

생각나게 하는 것,

오늘은 싸락눈 날리는 걸 보며
지나간 불꽃을 생각하는 시간
천둥과 먹구름을 넘어
그대와 내가 해탈해야 할 시간.

—「싸락눈」 3~4연

불꽃처럼 타올랐던 열정의 시절, 천둥이나 먹구름과도 같은 고난이나 시련의 시기 등 인생살이의 여러 모습들을 연상(聯想)시키는 비유어들이 3연과 4연에 등장한다. 그러나 인간사에서 만나게 되는 시련이나 고난, 젊은 시절의 열정 등이 영원할 것 같지만 그렇지 않다. 왜냐하면 부딪히자마자 사라져버리는 싸락눈의 그것처럼 '탄생과 사멸'도 순간적이기 때문이다. 인간의 생사(生死)가 그런데, 한때의 열정이나 고난, 혹은 시련이 잠시 잠깐에 불과한 것은 두말할 필요가 없다.

찰나에 불과한 인생사의 고통과 환희에 연연해하는 것은 부질없는 짓이다. 그것들은 허공 속으로 흩어지고 사라지는 싸락눈과 유사하다. 사라지는 것은 사라지게, 흩어지는 것은 흩어지도록 놓아두는 마음가짐이 중요하다. 그것이 해탈이다. 세간(世間)을 떠나 첩첩산중에서 초연히 도(道)를 닦지 않아도 일상의 어느 순간 유리창에 부딪히며 사라지기를 반복하는 싸락눈을 바라보며 해탈의 경지에 이를 수 있다.

「죽지 부러진 새처럼 (1)」처럼 억만 개의 고독을 끌어안은 '절대고독의 경지'에 이르게 되면 자기존재의 해탈이 가능하다. 송하선이 「싸락눈」을 쓴 의도가 여기에 있다. '그대로 지칭된 독자와 나 모두'가 그 시간에 이르렀음을 「싸락눈」의 마지막 행에서 시인이 말하고 있다.

송하선의 시는 평이(平易)한 시어와 차분한 어조와 단순한 비유로 일관되어 있다. 복잡한 비유와 난해한 어구들을 동원하지 않으면서, 미산은 자연의 사물들과 대비되는 인생살이의 어떤 진실을 발견하여 직관적으로 그것들을 기술해낸다. 그러한 자연 관찰과 자기성찰의 결과물인 시편들이 자신의 삶의 상처를 치유하며 곧고 바른 생을 지탱하게 만들었다. 어떻게 살아야 하고, 어떤 것이 진실된 삶인가를 그는 시 작업을 통해 꾸준히 탐구해왔다.

자연현상에 함의(含意)된 오묘한 섭리를 관찰하여 그것을 언어예술로 승화시키는 '서정의 힘'이 그의 시 작품에서 느껴진다. 이러한 점에서 미산은 자연물에서 착상(着想)을 얻어 그것을 예술적으로 형상화하는 능력이 뛰어나다.

그대 작고도 작은 홀씨가 되어
마음속으로 우주 공간을 날아봐요.

몇억만 개의 별들 속에
그대가 얼마나
먼지처럼 작고도 작은 존재인지를.

몇억만 년 동안
몇억만 개의 별들의 고독,
그 고독한 우주 공간 속을
마음속으로 마음속으로
외로운 홑씨처럼 유영하다 보면,

그대가 누구인지 비로소 알게 돼요.
그대가 얼마나
먼지처럼 작고도 작은 존재인지를
그대가 얼마나
이 우주의 작고도 작은 홑씨인지를.

— 「몽유록 (7)」 전문

　　외로운 홑씨, 우주 공간, 억만 개의 별, 먼지와도 같은 작은
존재 등 이 작품의 시어들이 지시하는 의미는 「죽지 부러진
새처럼 (1)」의 그것들과 대동소이하다. 소박한 언어와 단순한
비유로 생의 이면(裏面)에 숨겨진 심오한 의미를 포착해내는
송하선의 시편들에는, 우리가 간과하거나 무시했던 인생살이
의 지혜가 담겨 있다. 이러한 점이 놓쳐서는 안 될 미산 시작
품의 중요한 미덕(美德) 중의 하나이다.

외화내빈(外華內貧)의 언어들이 절제되어 있는 것도 눈여겨볼 대목이다. 의미의 결속을 강화하는 반복어와 유장한 리듬감을 생성하는 '그래 그래'와 '넘으면'과 '하고도'와 '되고'가 자아내는 내재율(內在律)이 조화롭게 자리 잡은 작품이 「여든 살이 넘으면」이다.

미당 서정주 시풍(詩風)을 모사(模寫)한 느낌을 주는 이 작품에 미산시의 특장점(特長點)이 잘 나타나 있다. 노시인의 통찰에 힘입어 우리 또한 후반기 인생살이의 교훈을 얻을 수 있다. 해학풍(諧謔風)의 여유로움과 긍정적이고도 친화적(親和的)인 삶의 자세가 그것이다. 일상사의 스트레스에 시달리는 우리에게 이 작품이 그걸 말해주고 있다.

> 여든 살이 넘으면
> 고향의 정자나무하고도
> "그래 그래"
> 말을 트는 사이가 되고,
>
> 여든 살이 넘으면
> 낯모르는 늙은이하고도
> "그래 그래"
> 방귀도 트는 사이가 되고,

여든 살이 넘으면
정처 없이 떠도는 구름하고도
"그래 그래"
말을 트는 사이가 되고,

여든 살이 넘으면
구만 리 떠도는 기러기하고도
"그래 그래"
안부를 묻는 사이가 되고,

—「여든 살이 넘으면」

　미당의 작품과 닮은 것 같으면서도 다른 미산 스타일의 개
성과 해학이 「여든 살이 넘으면」에 함축되어 있다. 여든 살이
넘으면 구만 리 떠도는 기러기와 안부도 묻고, 정처 없이 떠
도는 구름과도 말을 트는 사이가 되어야 한다. 낯모르는 늙은
이하고 방귀도 트고, 고향의 정자나무와 '그래 그래' 정겹게
대화를 나누는 사이가 되어야 한다. 그러면 노년의 삶이 편안
하고 아름다워진다. 뿐만 아니라 늙은이답게 즐길 수 있는 인
생살이의 기쁨이 저절로 찾아온다.

　나의 시는
　종소리였으면 좋겠습니다.
　그대 가슴속 깊이깊이 울려주는

종소리 같은 시였으면 합니다.

나의 시는
파도 소리였으면 좋겠습니다.
억만 개의 파도처럼 일제히 울음 우는
그런 시였으면 합니다.

그러나 나의 시는
피리 소리였으면 좋겠습니다.
그대 가슴속 애간장 녹여주는
피리 소리 같은 시였으면 합니다.

하지만 나의 시는
풍금 소리였으면 좋겠습니다.
그대 가슴에 풍금처럼 울릴 수 있는
그런 시였으면 합니다.

—「나의 시(詩)」 전문

　　미산 송하선은 팔순의 절반을 넘어선 지금까지 시작 활동
을 멈추지 않고 있다. 많은 세월 그는 한 발 늦추면서 '소의 걸
음[牛步]'으로 시업(詩業)의 길을 벗어나지 않았다. 유어예(遊於
藝)의 정신으로 그는 오십여 년의 세월 동안 창작에 임해왔다.
'그대 가슴에 풍금처럼 다가오는' 그 소리를 동경하며 미산은
오늘도 시를 쓴다. 노을빛 황혼을 맞이한 현재 이 순간까지!

'노을빛 시인의 풍금 소리'는 시각적 풍경을 환기시킨다. 김광균은 '멀리서 옷 벗는 소리'(「설야」)로 눈 내리는 밤의 고요를, 이효석은 '짐승 같은 숨소리'(「메밀꽃 필 무렵」)로 소금을 뿌린듯 적막한 산길을 표현했다. '서러운 문둥이' 울음은 '꽃처럼 붉고'(서정주, 「문둥이」) '푸른 종소리'는 '분수처럼 흩어진다.'(김광균, 「외인촌」) 대가급 문인들은 소리를 단순히 듣기만 한 것이 아니라 '보기[觀音]'도 했다. 관음의 경지에서만 '시 속에서 그림을 감상하고 그림에서 시를 음미'할 수 있는 것이다.

미산의 풍금 소리로부터 우리는 시골 학교의 고즈넉한 모습을 떠올린다. 그 고요함의 세계로 우리를 초대하는 풍금 소리의 울림, 그것은[7] 존재의 적막감으로 이어진다. 그것이 자아성찰을 통한 존재의 본모습을 되돌아보게 만든다. 가슴속 깊은 곳을 은은하게 파고드는 종소리처럼, 애간장 녹여주는 피리 소리처럼, 시골 학교의 고적한 풍금 소리처럼 지상에서

---

7 "해묵은 연못이여 개구리 뛰어드는 물소리로다"(바쇼[芭蕉])를 천 사람이 읽으면 천 가지의 해석이 나온다고 한다. 그러나 '고요함을 읊었다'는 한 가지 점에서는 의견의 일치를 보인다. 이것이 이 시가 '명구(名句) 중의 명구라는 명성을 지켜나가는 요인'이다. 외국어로 의역되어 있는 예를 보면 거의가 이 시 속에는 없는 '고요함'이라는 말이 첨가되어 있다. 이어령, 『하이꾸 문학의 연구』, 홍성사, 1986, 58쪽 참조.

하늘까지 세월을 넘어 파도처럼 그의 시가 퍼져나가기를 바란다. 그리하여 그 소리들이 세속사의 번잡에 시달리는 현대인에게 위안과 치유가 될 수 있기를!

4.

첫 시집 『다시 長江처럼』(1970)을 발간한 시기로 추산해볼 때 송하선의 문필 활동은 반세기를 넘어서 있다. 그럼에도 그는 30대 초반 첫 시집을 발간한 이후 『몽유록』(2017)까지 아홉 권의 시집을 상재했다.[8] 과유불급(過猶不及)의 선비적 기질과 서두르지 않고 유유히 서정시 본연의 전통을 이어받아 자기 작품에 구현하려는 탐구의 자세가 창작품의 남발을 허용하지 않았을 것이다.

많은 작품을 써서 문학가로서의 존재감을 과시하려는 의

---

8 송하선이 펴낸 9권의 시집은 『다시 長江처럼』(금강출판사, 1970), 『겨울풀』(창원사, 1975), 『안개 속에서』(교문사, 1985), 『강을 건너는 법』(새미, 1998), 『가시고기 아비의 사랑』(이회, 2002), 『새떼들이 가고 있네』(리브가, 2003), 『그대 가슴에 풍금처럼 울릴 수 있다면』(발견, 2011), 『아픔이 아픔에게』(푸른사상사, 2012), 『몽유록 — 여든 무렵의 시편』(푸른사상사, 2017)이다. 아홉 권의 시집 중에서 『아픔이 아픔에게』와 『새떼들이 가고 있네』는 시선집이다. 이것들을 제외하면 그는 80세에 이르기까지 일곱 권의 시집을 발간한 과작(寡作)의 시인이다.

식 자체를 그는 거부한다. 자기 페이스를 유지하면서 작품의 완성도를 위해 송하선은 끊임없이 자신의 작품을 다듬어 고치는 창작 습관을 보여준다. 두 번째 시집『겨울풀』(1975)부터 아홉 번째 시집『몽유록』(2017)에 걸쳐 가필(加筆)된 이전의 작품들이 드문드문 섞여 있는⁹ 것도 이러한 습성과 관련이 있다. 추측컨대 그것은 하루 종일 깊은 생각에 잠겨 윤문하였던 조부 송기면의 문필 활동의 영향일 것이다.

유재 선생의 시와 문장은 "대체로 말쑥하고 고상하며 몸을 닦은바 오직 간절하고 진실함을 추구했던 까닭에 전혀 과장되거나 화려한 뜻이 없어 유학의 실마리를 밝히면서도 작가의 규범을 잃지 않았다."¹⁰ 조부 유재 선생에 대한 평을 송하선의 시문학에 적용해도 큰 차이는 없다.

송하선은 사회 현상과 정치 현실을 직접 다루는 작업이 바람직하지 않다는 입장을 고수한다. 그는 참여시와 민중시의 직설적이고 과격한 분노와 허황된 열망이 시대 현실을 개선

---

9 "이번에 내는 시집 [『강을 건너는 법』 – 필자 추가]은 1970년에 출간된 송하선의 첫 시집『다시 長江처럼』무렵에서 최근에 이르기까지의 작품들을 골고루 뽑아서 모두 4부로 나누어 수록하고 있어서 그의 시세계를 종합적으로 살필 수 있다."(천이두,「중용적 관조의 시학 – 송하선의 시세계」, 송하선,『강을 건너는 법』, 새미, 1998)

10 송기면 · 박완식 역, 앞의 책, 645쪽.

할 수 없다는 신념을 지니고 있다. 격동의 세월을 겪었음에도 불구하고 꿈틀거리는 격정(激情)을 잠재우고 단아한 목소리로 조근조근 속삭이듯 그는 자기 자신의 마음을 다스리기 위해 시를 썼다.

마음을 다독이며 스스로의 삶을 고양시키는 은혜로운 작업이 미산의 시작 활동이다.[11] 그러한 시쓰기를 통해 그는 자신뿐만이 아니라 독자들의 삶도 높은 경지로 이끌려는 기대를 지니고 있다. 묵향(墨香)에 심취했던 서예가로서의 명성과 국문학자로서의 학문적 업적이 만만치 않다. 그럼에도 미산 송하선의 본령은 '김소월과 서정주와 박재삼으로 이어지는 전통 서정시의 계보'를 이어온 시문학 분야이다.[12]

전정구 (문학평론가 · 전북대 명예교수)

---

11 "나는 이 詩業을 마음공 부하는 일로 삼고 저 기슭까지 걸어가 보겠습니다."(송하선, 「後記」, 『안개 속에서』)

12 장석주, 「전통 서정시의 계보를 이어받은 시편들—송하선의 시세계」, 『문예연구』, 문예연구사, 2012 봄.

▶ 송하선 연보

▼ 1970. 8.15.	내무부장관 표창장
▼ 1970.11.20	제1시집『다시 長江처럼』(금강출판사) 출간
▼ 1971. 5.20.	한국문인협회 회원
▼ 1971~1979	남성고등학교 교사
	중등학교 1급 정교사 자격증 취득
▼ 1972~1979	한국문인협회이리지부장
▼ 1972~	한국현대시인협회 회원
▼ 1973~	가족시서화전 개최
	(글씨 : 剛菴 宋成鏞, 我山 宋河英, 友山 宋 河璟)
	(그림 : 碧川 羅相沐, 碧河 宋桂一, 시 : 未山 宋河璇)
▼ 1974~1977	고려대학교 교육대학원 졸업
▼ 1975~	제2시집『겨울풀』(창원사) 출간
▼ 1976~	『국어완전학습자료집』(한국능력개발사) (전6권 한자집필)
▼ 1977~	전라북도 문화상(문학부문) 수상
▼ 1978~	저서『詩人과 眞實』(금화출판사) 출간
▼ 1979~1980.6	전북대학교 강사
▼ 1979~	제4차 세계시인대회 참가
▼ 1980. 6. 1	전주우석대학 국어국문학과 전임강사
▼ 1981.11. 20	저서『韓國現代詩 理解』(금화출판사) 출간

▾ 1981.11.20　　　　전북대상(학술상) 수상

▾ 1981. 3.10　　　　국어국문학회 회원

▾ 1981.10.25.~10.10　　새마을교육(사회지도자반) 연수

▾ 1982.3.1~1986.2.28　전주우석대학 도서관장

▾ 1982. 2.20　　　　전주우석대학 재무위원

▾ 1982. 5.18　　　　제1회 대한민국 미술대전(서예부문) 입선

▾ 1982.6.30~1984.2.28　전주우석대학 학도호국단 지도위원

▾ 1982.10.1~1986.9.30　전주우석대학 국어국문학과 조교수

▾ 1983. 9. 1　　　　전주우석대학 상벌위원회 위원

▾ 1984. 3.15　　　　번역서『中國思想의 根源』(중국문화대학 이
　　　　　　　　　사장 張其昀 저)(공역)(文潮社) 출간

▾ 1984. 2.28　　　　중국(대만)문화대학 중화학술원에서 명예
　　　　　　　　　문학박사 학위 받음

▾ 1984.2.18~2.24　중국(대만)한국연구학회에서 논문 발표
　　　　　　　　　(주제 : 중·한 현대시에 나타난 민족의식의
　　　　　　　　　표출)

▾ 1984.1.1~1984.12.31　전주우석대학 인사위원

▾ 1985　　　　　　　한국시문학회 회원

▾ 1985. 9.15　　　　제3시집『안개 속에서』(학문사) 출간

▾ 1985.10.27.　　　7급 지방공무원 임용시험 출제위원

▾ 1986.2.20~1989.2.28　전주우석대학 대학원 국어국문학과 주
　　　　　　　　　임교수

▼ 1986.3.1~1987.9.30　　전주우석대학 2부 학부장(야간대학장)

▼ 1986.10.1~1991.9.30　　전주우석대학 국어국문학과 부교수

▼ 1987.3.20　　우석 서정상 박사 회갑기념문집 간행위원

▼ 1988.5.10　　우석대학교 개교 10년사 편찬위원

▼ 1988.11.29~1992.2.20　전라북도 도정 자문위원

▼ 1988.7　　제1회 亞洲作家大會 참가

▼ 1989.9.23~10.1　제54차 국제PEN대회에 한국대표단으로 참가(캐나다 토론토 및 몬트리올)

▼ 1989.12.5　　문교부장관 표창장

▼ 1990.3.2~1991.2.28　　우석대학교 대학원 국어국문학과 주임교수

▼ 1990.9.1~1992.12.31　　우석대학교 국어국문학과 학과장

▼ 1991.5.1~　　고려대학교 교우회 이사

▼ 1991.2.26~1992.2.28　　우석대학교 인문학부장

▼ 1991.3.2~1992.2.28　　우석대학교 대학원 주임교수

▼ 1991.10.1~2004.2.28　　우석대학교 국어국문학과 교수

▼ 1991.10.15　　저서『未堂 徐廷柱研究』(선일문화사) 출간

▼ 1992.9.20　　저서『한국의 현대시 이해와 감상』(선일문화사) 출간

▼ 1992.3.1~1994.2.28　　우석대학교 대학원 주임교수

▼ 1992.6.1　　이철균 시비 건립추진위원(시비 비문 글씨 씀)

▼ 1992.7.1　　김해강 시비 건립추진위원

▼ 1992.7.25.~1994.7.22.	전북지역 독립운동기념탑 추진위원 겸 독립운동사 편찬위원(독립운동기념탑 글씨 씀)
▼ 1992.10.5.	12회 도민의 장 심사위원
▼ 1992.10.26.	제33회 전라북도 문화상 심사위원
▼ 1993.2.15~1995.6.27	전주직할시 승격 및 범시민추진위원회 자문위원
▼ 1993.3.1~1994.12.31	우석대학교 인문학부장 겸 대학원 주임교수
▼ 1994.4.11	완주군 이미지 가꾸기 자문 및 심사위원
▼ 1994.11.22	"바른교육 큰사람 만들기" 高大 VISION 2005 발기인
▼ 1995.12.23	맥(貘)동인회 회원(同人 : 피천득, 이원수, 김상옥, 김원길, 송하선 등)
▼ 1997.1.25	저서『시인과의 진정한 만남』(배명사) 출간
▼ 1997.7.15	미당 시문학관 건립추진위원회 상임자문위원
▼ 1998.3	한국법조 삼성인(三聖人)동상 건립 추진위원
▼ 1988.5.10	제4시집『강을 건너는 법』(새미출판사) 출간
▼ 1998.9.10	저서『한국명시해설』(푸른사상사) 출간
▼ 1998.6.5	『미산 송하선 교수 회갑기념 논문집』 간행
▼ 1998.7.21	KBS 전국 시 낭송대회 심사위원장
▼ 1998.12.29	풍남문학상 수상

2000.10.15	저서 『서정주 예술언어』(국학자료원) 출간
2000.10.28	한국비평문학상 수상
2000.10.30	『유재집(裕齋集)』(번역서)(이회문화사) 출간
2002.4.15	저서 『夕汀詩 다시 읽기』(이회문화사) 출간
2002.5.4	백자예술상 수상
2002.6.15	제5시집 『가시고기 아비의 사랑』(이회) 출간
2002.5	〈한 · 일문화 교류회〉 일원으로 일본 千葉縣 세미나에 참가
2003.3.1	우석대학교 인문사회과학대학 학장
2003.5.24	제6시집 『새떼들이 가고 있네』(리브가) 출간 장서 5000권 우석대 도서관에 기증
2003.7.18	『시적담론과 평설』(국학자료원) 출간
2003.8.30	우석대학교 교수 정년 퇴임(명예교수 추대장 받음)
2004.9.30	『송하선 문학앨범』(푸른사상사) 출간
2008.10.25	미당평전 『연꽃 만나고 가는 바람같이』(푸른사상사) 출간
2011.11.10	제7시집 『그대 가슴에 풍금처럼 울릴 수 있다면』(발견) 출간
2012.11.16	제8시집 『아픔이 아픔에게』(푸른사상사) 출간
2013.7.17	신석정 평전 『그 먼나라를 알으십니까』(푸른사상사) 출간

▰ 2016.7.14   미당문학회 창립 고문

▰ 2017.8.10   제9시집『몽유록』(푸른사상사) 출간.

▰ 2017.12.20   제54회 한국문학상 수상